閱讀123

國家圖書館出版品預行編目資料

小兒子. 3, 阿甯咕選班長/ 駱以軍原作 ;
王文華改寫 ; 李小逸插畫. -- 第一版. --
臺北市 : 親子天下股份有限公司, 2021.10
145面 ; 14.8×21公分 注音版
ISBN 978-626-305-068-6(平裝)
863.596　　110012548

小兒子③ 阿甯咕選班長

改寫｜王文華
插畫｜李小逸

原著｜駱以軍
轉譯主創、動畫監製、動畫編劇主創｜蘇麗媚
動畫導演、動畫編劇｜史明輝
本作品由 夢田影像 授權改編

責任編輯｜陳毓書
特約編輯｜廖之瑋
美術設計｜林子晴
行銷企劃｜高嘉吟、溫詩潔

天下雜誌群創辦人｜殷允芃
董事長兼執行長｜何琦瑜
媒體暨產品事業群
總經理｜游玉雪
副總經理｜林彥傑
總編輯｜林欣靜
行銷總監｜林育菁
副總監｜蔡忠琦
版權主任｜何晨瑋、黃微真

出版者｜親子天下股份有限公司
地址｜台北市 104 建國北路一段 96 號 4 樓
電話｜（02）2509-2800　傳真｜（02）2509-2462
網址｜www.parenting.com.tw
讀者服務專線｜（02）2662-0332　週一～週五：09:00~17:30
讀者服務傳真｜（02）2662-6048　客服信箱｜parenting@cw.com.tw
法律顧問｜台英國際商務法律事務所・羅明通律師
製版印刷｜中原造像股份有限公司
總經銷｜大和圖書有限公司　電話：（02）8990-2588

出版日期｜2021 年 10 月第一版第一次印行
2024 年 5 月第一版第五次印行
定價｜300 元
書號｜BKKCD150P
ISBN｜978-626-305-068-6（平裝）

小兒子③

阿甯咕選班長

改寫 王文華　插畫 李小逸　原作 駱以軍　角色設定 夢田文創

目錄

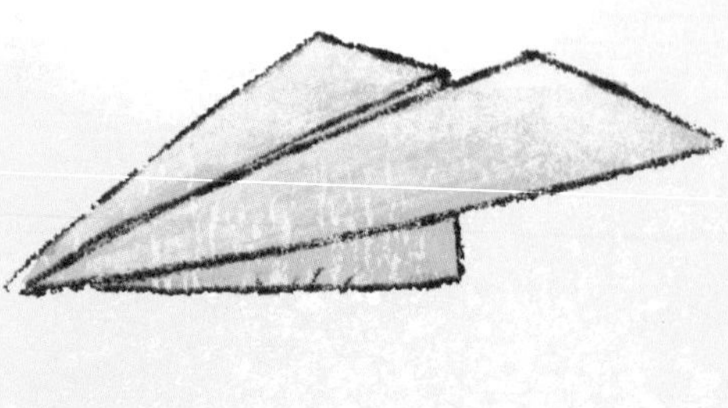

蛤
啊嗚～
明天要考試。
你不覺得考試其實一點兒都不重要？
老爸，你別吵啦。
啊，孩子們，別讀太晚，健康比讀書重要！
爸爸，去旁邊玩，別來吵我。
喲，是誰這麼認真，原來是我的小兒子。
人家明天要考國語、英語和自然，你跟端端去客廳玩啦。
咦
人生比讀書、比考試重要的事太多了，比如現在應該去小公園玩玩球……
兒子啊，為父的就要說說你了，

史前時代，世界滅絕前一秒。爸爸，你覺得怎麼樣？
??
這……這……
登登！
罰你十隻黑兔，你知不知道，明天要考試耶……
你知道嗎，筆芯太細脆，我插壞三盒筆芯才完成，爸爸你……
得意
你從放學回來就一直在做這個？
你既然知道……
但是沒讀書就什麼都不是，對不對？
但是……但是……
你不是說，比讀書、考試重要的事太多了嗎？
所以我要讓史前暴龍把世界摧毀，世界毀滅前，最重要的事是什麼，爸爸你知道嗎？
這……
就是跟家人說我愛你啊。
親
世界毀滅前，別忘了把考卷帶回來。

地球資源匱乏，我們要珍惜，最好能重複利用。
生活領域期末評量試卷
這麼簡單的題目，你怎麼會錯？
你說咧？

小東西

太陽快下山了，氣溫仍然很高；一陣風吹過來，揚起一片黃沙。

三條人影長長的，胖的扛行李，瘦的提包袱，後頭那人牽著腳踏車。

這是往西天取經的師徒？

突然，有個大漢跳出來，伸手一攔：「阿甯咕！」

原來是駱爸。

阿甯咕開心的跳進他懷裡：「爸爸。」

駱爸幾乎抱不動他：「幾小時不見，你怎麼變胖了？」

他仔細檢查，胖的不是兒子，是書包裡的三顆石頭，顆顆都有拳頭大。

「哪裡撿的石頭？」

駱爸還沒問完，後頭的小女孩遞來一個布袋，裡面有許多磁磚、壞掉的玩具。

推著腳踏車的男孩，車上水桶裝滿瓶瓶罐罐：「這些都是阿甯咕的。」

「這……這怎麼回事？」駱爸不懂。

小女孩口齒清晰：「今天大掃除，這是阿甯咕放在教室的寶物，老師讓他帶回家。」

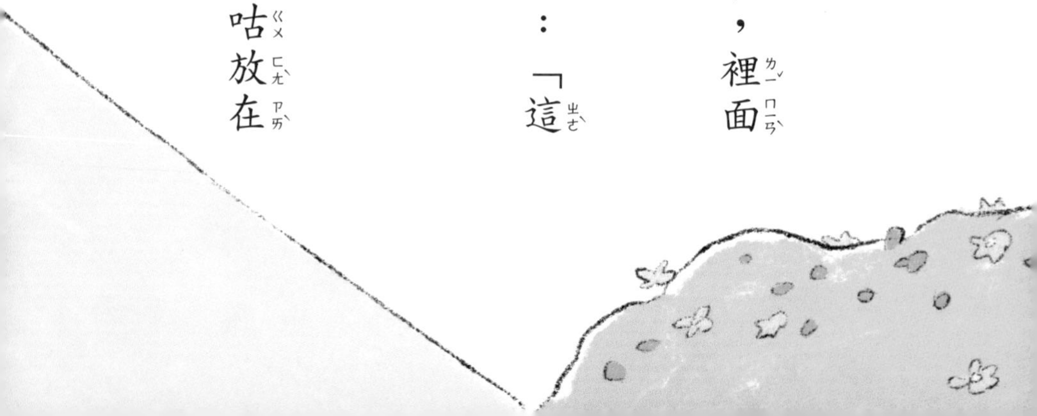

駱爸拍拍額頭：「天哪，你撿這麼多，你們老師沒暈倒啊？」

阿甯咕誠實的說：「沒有啊，講桌底下缺蓋子的保溫杯她沒找到。」

「講桌下還有？你拿這些破銅爛鐵做什麼？」

「爸爸，這都是我的寶貝。」

「阿甯咕，你不喜歡上學嗎？」

「喜歡啊，」阿甯咕很誠實：「上學時人行道有很

多寶貝；放學時剛好是丟垃圾時間，也有寶貝可以撿。」

「你是拾荒兒童啊？」駱爸拖了個垃圾桶過來：「你自己選，只能留三個，其他全都丟掉。」

「只有三個？」阿甯咕陷入天人交戰中。

三顆大石頭有很棒的紋路。

拖把桿可以做指揮棒。

還有十幾根珍貴的羽毛，鴿子的、公雞的，麻雀和綠繡眼的。

更別提那些磁磚，他在工地外找到的。

「這都很難蒐集。」阿甯咕拿不定主意，到底該留哪三樣，即使是破掉一角的咖啡色塑膠片，透過鏡片看出去：「爸爸，你看，像不像沙漠？」

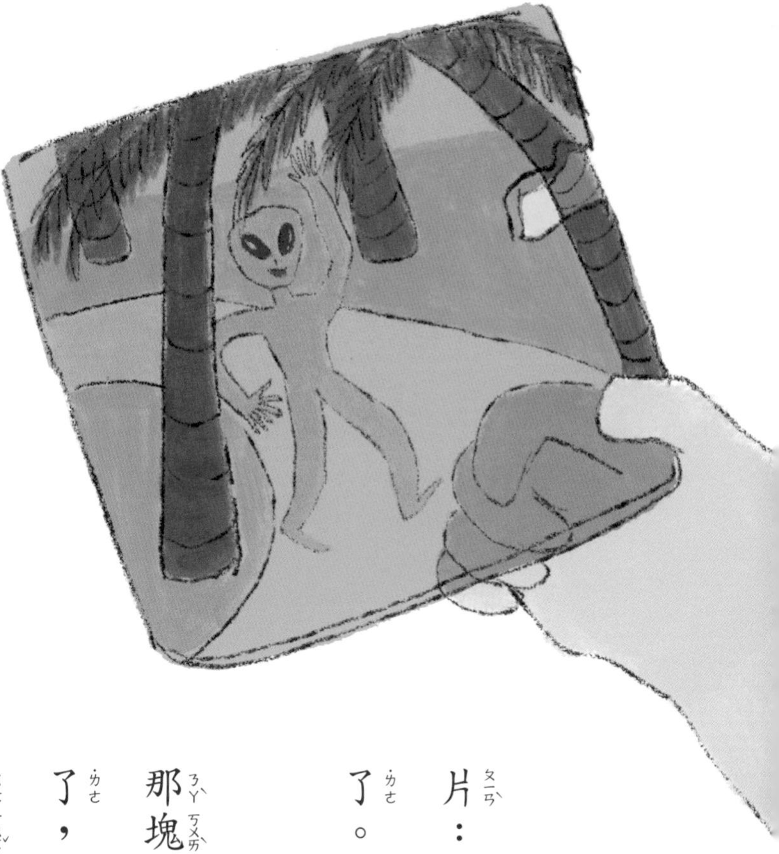

他還有個紅色太陽鏡片：「我們學校變成火星了。」

「火星？」駱爸接過那塊鏡片，大王椰子變紅了，學校大樓變紅了，有個火星人出現在鏡片裡。

外星人和藹的問：「哇，駱先生來幫忙倒垃圾啊？」

那是校長啊。校長客氣的問：「這些垃圾……」

阿甯咕想解釋，駱爸把他推到後頭：「對啊，對啊，我們正要拿去丟掉。」

「你剛剛明明也在看鏡片……」阿甯咕幾乎都快哭了：

「你也說看起來好像火星啊。」

回家的路變得好長。

駱爸一手拿布袋，一手提水桶，阿甯咕跟在後頭，書包

裡的石頭滾來滾去。

「我送你去讀書，你卻成了拾荒兒童。」

駱爸覺得好丟臉，在校長面前，帶垃圾和一個哭得兩眼嘩啦啦的小孩回家。

阿甯咕重新調整一下書包：

「爸爸，有一次我們叫你不要再買樂透了，你發脾氣說，你除了簽簽小注樂透，寫寫小說，也沒有不良嗜好；我也是啊，我除了調皮，愛撿撿小東西，也沒有不良嗜好啊，為什麼你連我人生這小小樂趣都要剝奪呢？」

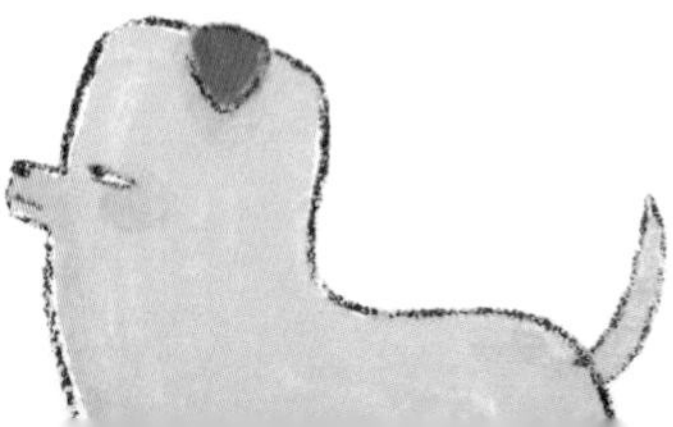

駱爸嘆了口氣，幸好，到家了。

阿甯咕開心的發現，家門口堆了好幾袋資源回收。

他撲過去：

「這個玻璃瓶好美。」

「爸爸你看，積木耶。」

他還找到機器人：「我也有一個一模一樣的。」

駱爸正想破口大罵時，媽媽也恰好出來，她大叫：「阿甯咕，我才把你撿的垃圾清出來，你怎麼又把它們弄亂了？」

「你說這都是我們家的？」駱爸問。

媽媽點點頭。

阿甯咕護著它們：

「難怪我覺得眼熟，原來它們都是我的寶貝啊。」

這一題講地球資源匱乏，我們本來就要好好珍惜，最好重複利用，你竟然會說不對？
我也想啊，但是你卻把我的寶貝都丟掉！
你說那些垃圾？
明明就是地球最珍貴的資源。

（3）
地球是大家的，以下哪些動物要好好愛護？
① 無尾熊 ② 熊貓 ③ 蜘蛛 ④ 以上皆是。
生活領域期末評量試卷
難道其他動物都不重要？
那我的班蛛呢？

上天有好生之德

美荷老師發現，教室的置物櫃全被阿甯咕占領了。

小朋友丟進資源回收的垃圾，他撿回置物櫃：壓扁的鋁罐、漢堡

紙盒、壞掉的自動筆……

「阿甯咕，教室這麼亂，怎麼辦？」美荷老師問。

「再給我一個置物櫃。」阿甯咕想也沒想：「我還有好多寶貝。」

他的書包裡，還有個花瓜玻璃罐，午餐袋裡有個沒羽毛的羽毛球。

「清乾淨。」美荷老師不想當清潔隊指導老師。

阿甯咕的好朋友，大頭和阿東都來幫他清垃圾。

大頭把可樂罐子丟進回收桶，阿甯咕立刻撿回來：

「這可以做好玩的罐頭車。」

「那這些呢？」阿東找到幾個鈕扣。

「當機器人的眼睛。」阿甯咕放進口袋，手伸進置物櫃裡掏寶：「這些都是我珍藏的寶貝。」

說到寶貝，他還加重語氣，但加重的還有手臂，什麼東西爬上阿甯咕的手臂？

他把手抽回來，赫然發現上頭是隻……

「大蜘蛛。」阿東喊。

這種大蜘蛛難得一見，阿甯咕連忙把手臂伸向大頭，大頭嚇得一推，蜘蛛飛上半空，落在小花桌上。

啊——

小花尖叫的聲音，嚇得全班，哦！還有美荷老師，像窩受驚的兔子往外逃。

咚咚咚咚，他們跑到操場中間，停下腳步。

哇！

「別怕，別怕。」美荷老師摟摟小花：「沒事了，沒事了。」

「蜘蛛不會跑。」大頭說。

「我們跑得比蜘蛛快。」

阿東回頭，發現阿甯咕也跟出來了。

「大家別擔心，我把蜘蛛帶出來。」阿甯咕說。

「大蜘蛛！」小花的尖叫，又讓整班兔子跑起來，他們邊跑邊吼：「阿甯咕，你別跟來。」

阿甯咕很受傷，他不死心：「蜘蛛明明很可愛。」

美荷老師離得遠遠的：「上天有好生之德。」

小朋友自己亂亂接：「地上有亂爬的蛇。」

美荷老師嘆口氣：「你把牠放到校園裡。」

「老師，」全班異口同聲：「牠會咬散步的小朋友。」

美荷老師想了想：「那……抓到公園去放。」

小朋友異口同聲的說：「老師，牠會咬打太極拳的老婆婆。」

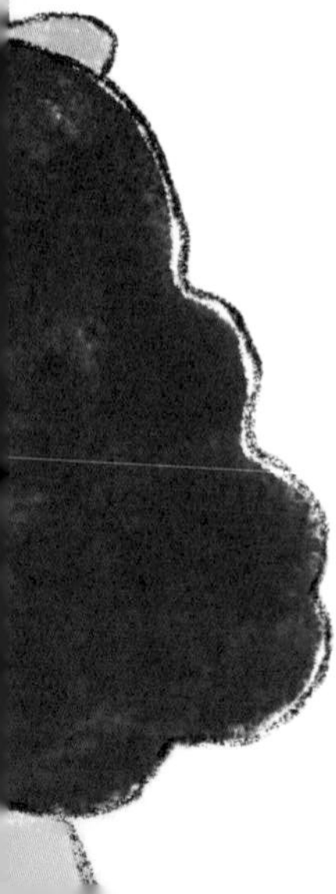

「上天有好生之德，」阿甯咕提議：「我們好好照顧蜘蛛，讓牠當班蛛，就不會咬到小朋友和老婆婆。」

「誰來養？」美荷老師擔心的問。

「當然是我啊，」阿甯咕拉著大頭和阿東：「還有他們幫忙。」

「你們連自己都照顧不好……」美荷老師不放心。

「不會啦，」阿甯咕從書包拿出花瓜罐子：「蜘蛛住這裡，萬無一失。」

回家的時候，阿甯咕跟駱爸說：

「上天有好生之德，爸爸你說……」

他還沒說完呢，駱爸就堵住他的嘴了：「什麼好生之德？你這小子是不是在頂樓偷養流浪狗？」

「怎麼會呢？」

「怎麼不會，你上回就在頂樓養過蜥蜴。」駱爸不放心，帶著端端上頂樓查看。

風很大，落日很漂亮，端端叫的聲音

很響。

「難道你把超商外頭的流浪爺爺帶回來？」駱爸只差沒把花盆翻過來檢查，還好頂樓除了幾盆枯掉的花，什麼也沒有。

阿甯咕跟在後頭嘀咕著：「爸爸你怎麼都不相信我，上天有好生之德，地上有亂爬的蛇，要是我們在學校撿到一隻可憐的……」

「沒錯吧，」駱爸停下腳步：「你把什麼藏起來了？」

「沒有沒有，我只是想跟你討論上天有好生之德……」

「最好是沒有啦。」駱爸搖搖頭走了。

「汪汪。」端端銜著書包叫了兩聲，跟著駱爸趾高氣昂的走了。

阿甯咕慈藹的望著書包裡的蜘蛛：

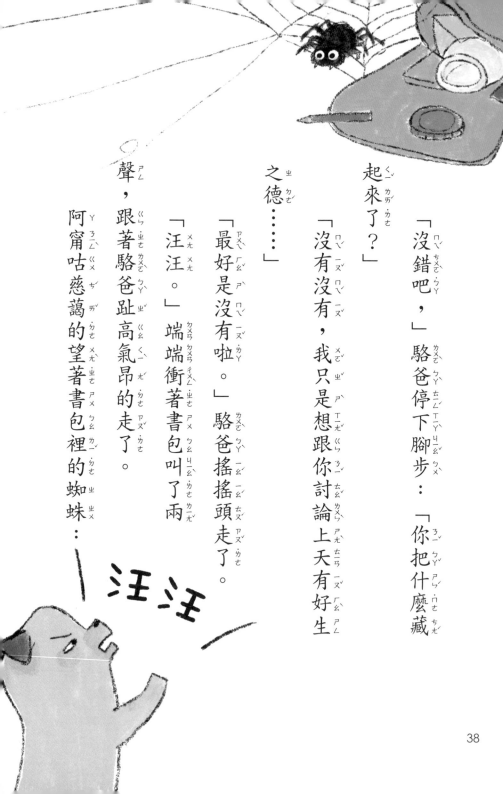

「家裡不安全，明天把你藏在講桌下，除了美荷老師，沒人會去那裡玩的。」

蜘蛛肚子餓

花瓜罐子裡的蜘蛛，瞬間抓住蒼蠅。

牠大概肚子餓，兩三下就把蒼蠅當成大餐吃掉，津津有味的嚼著。

罐子外，六隻眼睛目不轉睛的盯著，那是阿甯咕、大頭和阿東。

蒼蠅是阿甯咕抓的，千辛萬苦才抓來的活蒼蠅。

「好療癒哦。」阿東滿足的說。

「好噁心哦。」小花經過時說：「血腥暴力加恐怖，我要跟老師說，男生好噁心哦。」

「什麼噁心？」阿甯咕不服氣：「妳吃雞腿時就不會血腥暴力加恐怖嗎？」

「那不一樣。」

「哪裡不一樣？」三個男生同時問。

「不……一樣！」小花想不出哪裡不一樣，她因此

退了兩步，哼了
一聲，轉身找美
荷老師告狀去。

罐子裡的蜘蛛，吃完早餐了，搓搓手，抬起頭望著他們。

「沒蒼蠅了。」阿甯咕兩手一攤：「活蒼蠅很難抓。」

「我們的班蛛簡直是媽寶，只會吃。」大頭搖搖頭，「現在，我們要去哪兒找食物？」

「媽寶？這名字好有趣哦。」

阿東突然福至心靈：「操場上有蟋蟀。」

三個男生立刻衝到操場，一腳踩下去，幾隻蟋蟀跳起來。

「就把牠叫媽寶怎麼樣？」阿甯咕問。

「那我們就是牠的父母了。」大頭一撲，抓到一隻蟋蟀。

「不對，我們是牠爸爸，因為我們都是男生啊！」阿東的手裡，有三隻活蹦亂跳的蟋蟀：「我幫我們的孩子找到食物了。」

三個蜘蛛爸爸小心翼翼的闔著掌，跑回教室。

「媽寶，我們回來了。」

「媽寶，我們來看你了。」

他們的叫聲那麼溫柔，就像慈祥的父親呼喚著自己的孩子。

同學們圍過來，但是他們一看到活潑的蟋蟀要被放進罐子裡……

「太可怕了。」

「太恐怖了。」

最生氣的是小花，她扠著手，盯著三個蜘蛛爸爸。

那時，阿甯咕正打開罐子，大頭想把蟋蟀放進去，阿東忙著招呼他的小寶貝。

「你們還有沒有人性啊？」小花扠著手，想阻止蟋蟀的悲劇時，她碰到了阿東，阿東撞到了大頭，大頭的手微微晃了一下。

就那一下，阿甯咕的蓋子沒放好，媽寶趁這機會，一竄竄到外頭，落在小花的手臂上。

她太害怕了，用力一甩，媽寶被甩飛出去，在眾多孩子哇哇哇的叫聲中，直接落在講桌。

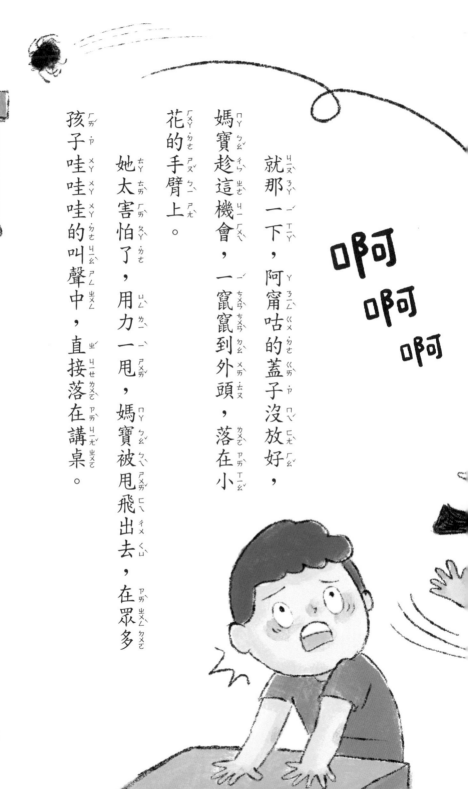

啪的一聲，美荷老師手裡的課本，不偏不倚的把媽寶拍成一團。

哇！全班孩子大叫一聲：「上天有好生之德！」

那是美荷老師常說的話。

哇！一陣哭聲驚天動地的響了起來。

那是阿東：「媽寶，媽寶，人家的媽寶死成一團了。」

他哭得那麼悽慘，就像個失去愛子的父親般。

回到家，阿甯咕還是忿忿不平的。

「結果，老師就要我賠他一隻蜘蛛。」

「為什麼？」駱爸嘴裡全是食物。

「阿東跟媽寶有感情了！」阿甯咕把碗放下來：

「我只是沒把蓋子蓋好而已。」

「男子漢大丈夫，敢做敢當。」駱爸說：「你就賠他一隻啊。」

「我知道啊，可是學校沒有那種大蜘蛛，」阿甯咕向駱爸求援：「爸爸陪我去小公園抓蜘蛛？」

「啊……我突然想起來，今天晚上得交稿。」

「媽媽……」

「我要清廚房、拖地，還有整理你那堆小東西。」

他回頭望向哥哥阿白，阿白站起來：「把蜘蛛叫做媽寶？哼，出去別說我認識你。」

你是爸爸啊，我是你的責任對不對？
對。
男子漢大丈夫，自己責任自己擔，對不對？
有陷阱，到底什麼事？
你到底陪不陪我去小公園抓蜘蛛啦？

(1.2)
下列哪種動物並不住在臺灣？
① 耶誕老人 ② 熊貓
③ 鴨嘴獸 ④ 以上皆是。
生活領域期末評量試卷
鴨嘴獸怎麼沒選？
牠住在我們家後山，爸爸你忘了嗎？

鴨嘴獸

上國語課，美荷老師讓小朋友練習說話，每個人都要抽籤，抽到什麼動物就上臺介紹牠。

阿甯咕不怕上臺，也愛說話，一抽抽中鴨嘴獸，他把紙條給大頭看，大頭正發愁：「我怕蛇，你跟我換好不好？」

阿甯咕沉思一下，鴨嘴獸很神奇啊，要是換走了……

大頭手裡有個發條假牙：「再加上它，夠了吧？」

於是，鴨嘴獸換成蛇回來，阿甯咕不怕蛇，他想講一條小青蛇的故事，或是水蛇游過水池的畫面，他還在想，大頭又扯著他：「鴨嘴獸要怎麼說啊？」

「怎麼說啊？」

「我沒看過鴨嘴獸啊。」

阿甯咕記得，小時候他們住山

裡，後山有鴨嘴獸。爸爸去上班後，鴨嘴獸跳進後院，每天都會採走剛開的野薑花，他和哥哥阿白天天都要想辦法阻止鴨嘴獸，用掃把趕，用畚箕擋，在地上挖洞做陷阱……

「結果，老師說大頭說得最有趣，全班第一。」阿甯咕回家還是忿忿不平，他跟駱爸說：「那明明就是我的故事啊，而且他沒看過鴨嘴獸，他送我的發條假牙也是壞的。」

「壞的你還拿回來？」駱爸澆花的手停了一下：「而且，你把故事記錯了。」

「錯了？難道不是鴨嘴獸？」

阿甯咕轉半天，假牙依然不動。

澆花的水是金色的，

那是夕陽的魔法。

「那時我在城裡上班，你和阿白天天都纏著我，不讓我走，我還能怎麼辦，就跟你們說，山裡有隻鴨嘴獸，他很怕大人，等我走了，他才會出來，結果，你和阿白都相信了，回來還跟我說，鴨嘴獸真的來了。」

阿甯咕的回憶一下子被激活了：

「好像有，那隻鴨嘴獸還寄信給我們。」

駱爸笑了：「沒錯吧，你們天天都要檢查我的公事包，每天都催我趕快去上班，回來要帶鴨嘴獸的信。」

「可是，鴨嘴獸真的有回信啊。」

阿甯咕記得，鴨嘴獸的字很大，歪歪的，上頭永遠只有四行字：

我是深山裡的鴨嘴獸，
你們最近有沒有吵架？
我是深山裡的鴨嘴獸，
有空來山裡游泳。

「爸爸，信的最後是一個鴨嘴獸的超大簽名，對了，還有鴨嘴獸的腳印做證明。」

「那是我寫的，我把想跟你們說的話，讓鴨嘴獸替我說，」駱爸把澆到一半的水管放下，「我以前幫讀者簽名就簽鴨嘴獸，你

想，臺灣哪裡有鴨嘴獸啊？」

阿甯咕不相信：「搬家那天，鴨嘴獸來送行，我和阿白哥哥都有看見啊。」

「你在說童話故事嗎？」

「真的啊，我跟他們揮手時哭得很傷心。」

那時，阿甯咕雖然年紀還小，但他有印象：天空的雲很低，鴨嘴獸一家站在路邊的榕樹下。

「不可能。」駱爸澆好花了：

「深山又不是動物園，哪裡來的鴨嘴獸？」

「我和阿白都看到了啊。」阿甯咕堅持，「你可以問阿白。」

小狗端端叫了兩聲，彷彿在支持他。

「不可能。」

「我們真的看見了啊。」阿甯咕帶著端端走下樓，只留下駱爸在頂樓，他氣呼呼的把那個修不好的發條假牙扔出去：「絕對不可能，那是我編的。」太陽咚的一聲，下山了。

咚的一聲，假牙玩具在地上彈了兩下。

嘎嘎嘎嘎，假牙竟然復活了，嘎嘎嘎嘎，搖搖擺擺像隻鴨嘴獸，搖搖擺擺朝著太陽落下的方向走了過去。

阿白，你小時候應該沒有看過鴨嘴獸吧？
有啊，我們搬家那天。
難道你也看過耶誕老公公？
有啊，你說耶誕老公公會送禮物給最乖的小孩。
我騙你的，你還信？
當然，你是爸爸啊，爸爸應該不能騙小孩吧？

憨鴨

左邊的草地
有隻鴿子，鴿子
發現是阿甯咕，
不放心的飛走
了。

右邊的圍牆
上有隻蝸牛，蝸

牛也擔心他，伸長脖子，拚命想「爬」快一點。

好心的阿甯咕，抓起牠往前移動一百公尺：「好啦，你的目的地到了，助『牛』為快樂之本，再見。」

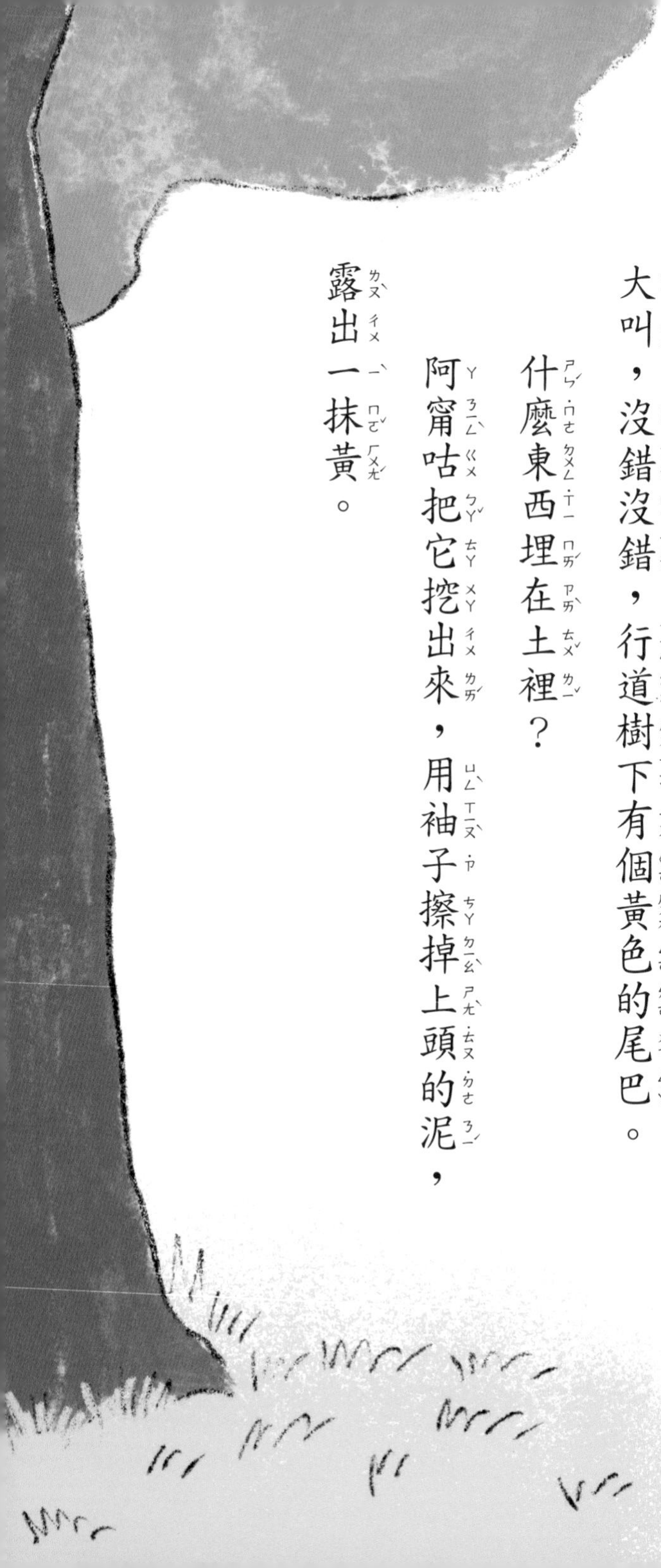

「人家不是要來這裡啊。」蝸牛的抗議，阿甯咕沒聽到，因為他腦海裡的尋寶雷達正噹噹噹大叫，沒錯沒錯，行道樹下有個黃色的尾巴。

什麼東西埋在土裡？

阿甯咕把它挖出來，用袖子擦掉上頭的泥，露出一抹黃。

沉沉的、重重的，阿甯咕笑了，真是個好兆頭，太陽才剛升起來：「我就撿到這麼好的……」

是獅子？

是老虎？

還沒走進教室，他先去廁所洗手臺上洗。

「什麼東西呀？」阿東經過時問。

「應該是……」大水嘩啦啦，洗出一隻黃鴨。

「哇，看起來呆呆的。」大頭經過時說。

「所以，他叫做憨鴨，呆呆憨憨的鴨。」

「呆鴨比較好念。」大頭建議。

「憨鴨比較有喜感。」阿甯咕把憨鴨放在大頭的頭上，「跟你也很像啊。」

「跟你才像。」

阿東搶過鴨，擺在阿甯咕頭上，阿甯咕對著廁所鏡子照一照，憨鴨的嘴角好像也翹起來了。

整個早自修，阿甯咕都在忙，他跟小美借抹布，先把憨鴨擦乾，仔細擦掉陳年的泥垢，這是隻實心的黃鴨，雖然是塑膠製品，黃漆也有點剝落，但是很扎實，鴨上的羽毛、紋路、翅膀的線條都做得很好……

「憨鴨是隻好鴨。」

憨鴨很開心，嘴角的線條，好像又更往上翹了一點。

「我幫你改裝。」

別人在寫早自修功課，阿甯咕拿出蠟筆，幫鴨子塗了口紅，替憨鴨的腳穿上黑色雨鞋，至於翅膀怎麼辦？翅膀的油漆掉得最嚴重，他先上一層黃，再補一層綠，還沒上完卻先上課了。

「你等等，我先聽課。」阿甯咕交代憨鴨。

好！憨鴨好像這麼說。

美荷老師今天心情不太好，一早就唸經。

「掃廁所是哪一組的，早上那個洗手臺上全是泥土。」今天早上美荷老師唸的經是廁所經，打掃廁所組的六個人全站起來，老師繼續唸經：「啊泥沒有清，啊地沒有拖，啊你們一早來學校就沒有精神……」

六個同學，頭低低的，全班的頭，也都低低的。

這種時候，阿甯咕很懂，如果沒有低著頭表示懺悔，很快就會被叫起來陪著聽經。

美荷老師換唸走廊經了：「全校都看到，尤其導護老師也來警告，我們班外頭沒掃乾淨，全是泥沙，你們人人兩顆眼睛，怎麼沒人看清……」

掃走廊的三個人低著頭，站起來。

「還好，還好，走廊也跟我沒關係。」阿甯咕悄悄的跟憨鴨說。

「還好，還好，也跟我沒關係。」憨鴨似乎也拍了拍胸口。

「啊，你的翅膀還沒塗好。」阿甯咕的手悄悄伸進抽屜，拿出橄欖綠，用最輕最輕的動作，慢慢幫憨鴨抹上那個缺口，奇怪的是，那缺口越摸越大，他仔細一瞧，啊，原來的翅膀缺了一截被土塊填上了，剛才洗時沒發現，現在一撥掉下一大塊，哇，弄得抽屜裡都是泥土。

美荷老師還在罵人，正唸到這一週的整潔比賽，說是他們班已經六週沒拿過第一名了，要是再不拿第一名……

阿甯咕終於把土塊清乾淨了，他可以好好上色了。

他選了橄欖綠，幫憨鴨上了一邊的翅膀。

「漂亮多了吧！」阿甯咕看著憨鴨。

「但是你們老師看到了。」憨鴨好像這麼說。

真的，有一道人影罩著他，阿甯咕抬頭，真的是美荷老師：「你的位置為什麼這麼髒，你的手都是泥粉，你上課不聽課在做什麼？」

我送你上學，不好好聽課，你給我塗憨鴨？
可是老師一直在罵人啊。
她當然罵你啊，廁所的泥，走廊的沙，還有抽屜裡的土塊，都是你弄的啊。

(十)
別人說話時，我們要認真傾聽！
生活領域期末評量試卷
傾聽是良好的美德，怎麼會錯？
因為我每次說話，你都沒在專心聽啊！

換成呆鴨好不好？

砰！阿東在走廊上一踢，咕嚕咕嚕，憨鴨滾了十幾圈，阿甯咕和阿東、大頭追過去，大頭先到，抬起腳，唉呀，憨鴨飛下樓了。

憨鴨是實心的塑膠鴨，它的翅膀還缺了一角，想要飛根本飛不起來，結果就是用呆呆跳水式，落在一樓草地上。

還好還好，底下沒有小朋友。

還好還好，老師們也沒看到。

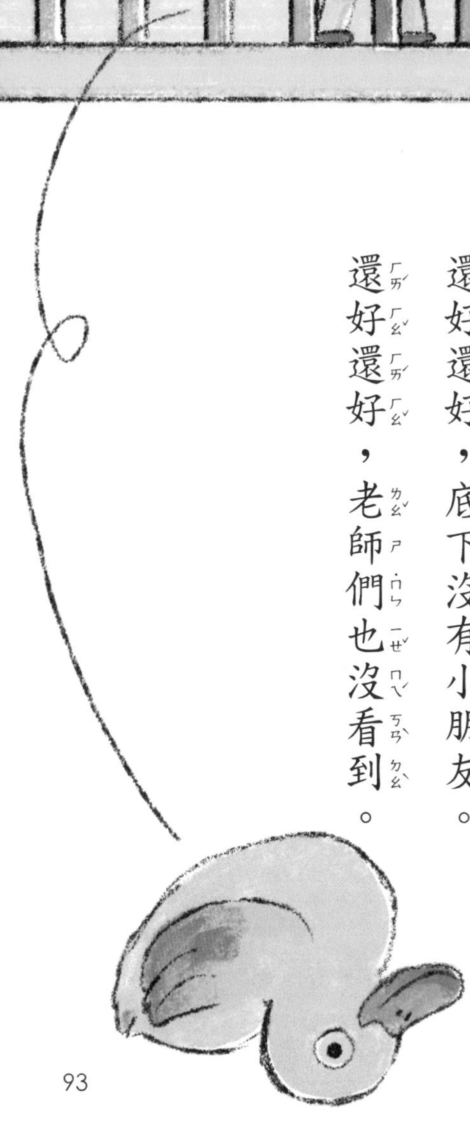

大頭跑下去，舉著憨鴨，開開心心跑上來。

「換我了，換我了。」

阿甯咕像個足球員，他負責開「球」。

「我不是球。」憨鴨想抗議也沒用，因為它是塑膠鴨，又沒辦法跑。它被阿甯咕踢得

在地上滾，滾不了多遠，咕嚕嚕滾到走廊邊，阿東腳快，一腳又把憨鴨踢飛，削過張大同那根翹起來的頭髮，穿過李美美的跳繩，在空中擊落一架紙飛機之後，它真心想要自由，最後才心甘情願落回一樓草地。

草地上，沒有小朋友。

草地邊多了個一臉正經的老師，這老師很嚴肅：「小朋

友，你們把鴨子當球踢？」憨鴨忘了自己是玩具，大聲的說：「是呀。」

還好，老師聽不懂鴨子的話。

阿甯咕急忙否認：「老師，我們在玩藏寶的遊戲。」

嚴肅的老師半信半疑：「注意安全，別在走廊上奔跑。」

「謝謝老師指導。」阿甯咕很乖巧，跟嚴肅老師鞠了躬，趁老師不注意，又溜回二樓。

這回大家都小心翼翼，深怕不會飛的憨鴨又飛出去。結果也不知道是誰踢的，憨鴨又飛到一樓。

「這回就沒那麼好運了，」阿甯咕回家時，跟駱爸特別聲明這一點，「它被幼兒園的小朋友撿走了，我們從二樓叫他們把憨鴨留下，他們也不聽。」

「哦。」阿甯咕說時，駱爸正在澆花，滿天彩霞，

樓頂的雜草開了花，端端翻了一個跟斗，

天上飛過一隻烏鴉。

「後來上課的時候，學務處廣播，哪個小『冰』友丟掉一『朱』黃毛綠翅膀鴨。」

阿甯咕說這段話時，學主任那怪怪的腔調：「我們就決定派大頭這個小『冰』友去拿那『朱』黃毛綠翅膀鴨，因為他比較少出面，不太會被認出來。」

「啊？」駱爸好像終於認真聽了：「什麼叫做比較少出面？」

「比較少出面就比較少出面啊，爸爸你知道嗎，大

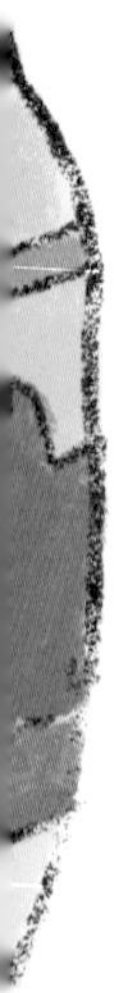

頭簡直比憨鴨還憨，他進了學務處，還探頭出來叫我，『阿甯咕，阿甯咕，那個憨鴨的憨怎麼寫。』」

端端聽到這裡，叫了一聲。

學務處裡的主任、老師也都滿臉狐疑的望著他。

「不是我，那隻憨鴨不是我的。」阿甯咕搖著手，慢慢退到走廊外頭，想假裝自己是個局外人走掉，「可

是大頭以為我沒聽到，竟然跑到走廊上叫我，『那個憨我不會寫，我寫呆鴨好不好？』」

阿甯咕說到這兒，駱爸也澆好水了，他重重的哦了一聲，準備下樓了。

「爸爸，你到底有沒有在聽啦？」

「聽聽聽，」駱爸好像生氣了：「我每天聽你回來講這些亂九十糟的東東，你說說看，我送你上學，你什麼學不好好上，天天在踢番鴨踢番鴨。」

「人家明明是在踢憨鴨。」

「不讀書整天踢鴨子，」駱爸揮揮手：「我跟你爺爺在一起，都是他說人生道理給我聽，沒想到我做了爸爸，還要聽你講這些『無厘頭』給我聽？」

「爸爸，怎麼說來說去，都是你在聽啊？」阿甯咕追上去：「那我再說個笨龜給你聽好不好？」

「不好！」駱爸大踏步走下樓了。

咚的一聲，那顆懸在半空太久的夕陽，好像也聽膩了，決定落進海裡，於是天黑了。

我以前聽你爺爺的話，現在聽你說話，我最可憐。
爸爸，你想想，我每天要鬧那麼多笑話回來，還要努力講給你聽，這不是很孝順嗎？
孝順的孩子天天踢憨鴨，還被抓到學務處？
哇，爸比，你真的有專心聽我說話耶！

阿甯咕選班長

一個很平常的早自修，老師宣布：「嚴莉莉班長臨時請長假。」全班小朋友都變成好奇寶寶，手舉高高：

「她生病了嗎？」

「是不是開刀？」

「我們要不要去看她？誰寫慰問信？」

「難道班長要生小孩了？」

「別忘了，她才二年級，她只是出國，」美荷老師拍拍桌子：「我們得選個代理班長。」

「當班長啊？」一隻隻小手又縮了回去。

美荷老師早有準備：「所以，我們讓副班長暫時代理，好不好？」

在一片叫好聲中，阿甯咕腦海裡出現一幅畫面：

熱呼呼的夏天午休，他趴在桌子午睡，明明只是換個姿勢，連口水都沒流……

「阿甯咕，我要記黑板了哦。」班長嚴莉莉拍著黑板。

「對，阿甯咕，我要跟老師說你午休亂動。」副班長任珍珍也說。

「老師來了，你就慘了。」他們指著阿甯咕說。

這不行，班長嚴莉莉恰北北，副班長任珍珍也很凶，如果讓她來當代理班長，他就慘了。

阿甯咕舉了手：「老師，我要提名。」

美荷老師把粉筆放下：「你想提誰？」

「我吧！」阿甯咕說。

「你吧？」

全班又變成好奇寶寶了：「你當班長？」

「你要怎麼當班長？」

美荷老師用手制止大家，她也很好奇：「阿甯咕，你為什麼想競選班長？」

「女生每次都亂亂記，我們男生當然要爭氣。」他說得有道理，阿東和大頭都喊附議。

「民主時代，你們說說對方的優點吧？」

任珍珍很大方：「阿甯咕最會做資源回

收，不要的寶特瓶、汽水罐，連別人丟掉的拖把桿子，在他的巧手之下，他都能拿來廢物利用，我記得有一次他還撿了幾根鴿子羽毛……」

哇，任珍珍口若懸河，而且用了好多個成語。

阿甯咕不想輸她，他認真的想，任珍珍有什麼優點啊？可是他還沒想到幾點就輪到他上臺了。

「任珍珍工作認真，而且……」阿甯咕看看阿東，阿東兩手一攤，他又看看大頭，大頭拿著鉛筆在空中寫著字，對了：「她跟班長認真的記我們的名字，好讓老師有空就處罰我們；她收簿子也很認真，誰沒交作業，她就認真的記在黑板上，老師要是發現了，就會懲罰我們，總而言之，她是我遇過最認真的副班長。」

作業缺交
阿甯咕
大頭

「這樣聽起來，我們未來的班長，一個是拾荒者，一個是獨裁者，」美荷老師還提議：「你們說說自己的抱負吧，你準備怎麼當個好班長？」

任珍珍想都沒想：「如果我當班長，我會把老師的話都記下來，要大家聽老師的話；要是有人敢不乖，我就把他的名字記下來，一定要讓我們班，每一週都拿到秩序比賽第一名。」

任珍珍說完，在女生的掌聲中，得意的看著阿甯咕。

「我啊……」

美荷老師鼓勵他：「沒關係，能說多少算多少。」

阿甯咕兩手一攤：「讓我當班長，我們班的垃圾分類一定很好，寶特瓶和汽水罐可以拿去賣錢，不要的紙盒能拿來組機器人，鐵類和紙類都能拿去賣錢……」

「你賣那些錢做什麼用？」女生笑他。

阿甯咕突然想起來：「賣了錢捐給養老院和孤兒院，使老吾老以及人之老，幼吾幼以及人之幼，是謂大同。」

晚飯的時候，知道他當班長了，全家都很驚訝。

媽媽揉揉阿甯咕的頭：「當班長責任就重了，以後要以身作則。」

「沒問題，我們二年級的垃圾桶我都包下來，帶大家做分類。」阿甯咕有一肚子偉大的計畫。

「爸爸怎麼都沒動靜？兒子當班長了耶。」媽媽白了他一眼。

「我是在想，他被我罰背《禮運大同篇》能當班長，該背什麼才能當市長？」

刮香長

放學時，駱爸和端端等在校門口，今天要回奶奶家。

阿甯咕看到駱爸了，揮揮手，走沒兩步，蹲到地上去了。

身體不舒服？

還是受傷了？

駱爸一個大步衝過去，正想問，阿甯咕撿起一顆石頭，看一看，又丟掉：「不是什麼特別的寶貝！」

「該走了，奶奶在等。」

「等一下。」阿甯咕眼睛一瞄，從書包拿出一把小刮刀，對著大理石地面輕輕的刮著，刮著。

「這是……」

阿甯咕解釋：「我是代理班長，原來的刮香長也要繼續做啊。」

「什麼刮香腸，我送你去學校讀書，你給我去打香腸？」

「爸爸，不是打香腸，是刮香長，我負責刮地上的口香糖。」那塊口香糖黏得特別緊，阿甯咕很有耐心的對付它。

「玩刮刮樂？你上學不好好上學，學人家玩什麼刮刮樂？」

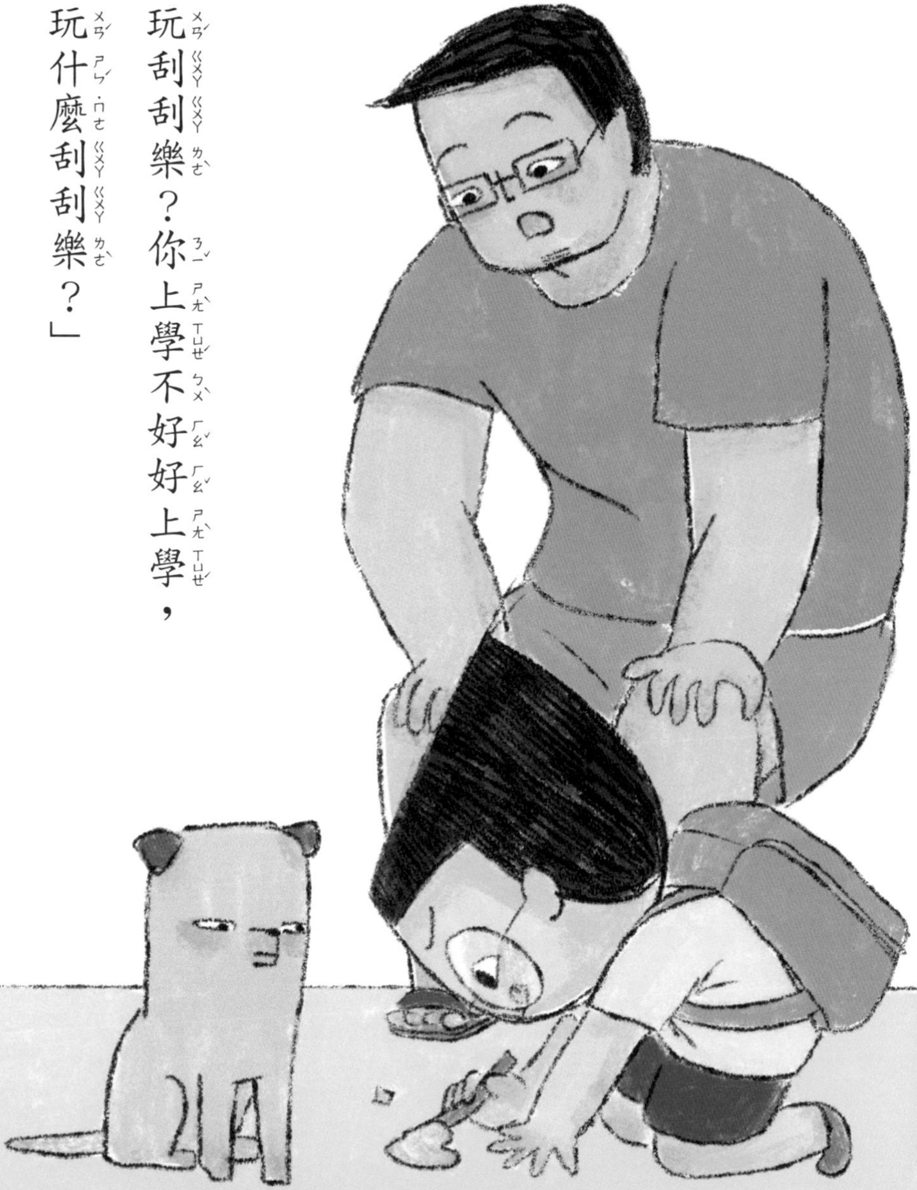

「爸爸，你專心聽嘛！這不是刮刮樂，我的工作是把黏在地上的口香糖刮掉。」

「刮地上的口香糖？那更慘！」

阿甯咕可得意了：「爸爸，那不一樣……」

真的不一樣，別人打掃拿抹布、掃把，阿甯咕的工具只是一把小刮刀，打掃時間，他就像個口香糖偵探，從教室到走廊，從走廊到中堂，他的眼睛有如口香糖雷達，再細小再角落的黑色口香糖塊他也能發現。

那時，他會搶先一步，一刮一鏟，就把根深蒂固的口香糖給除掉了。

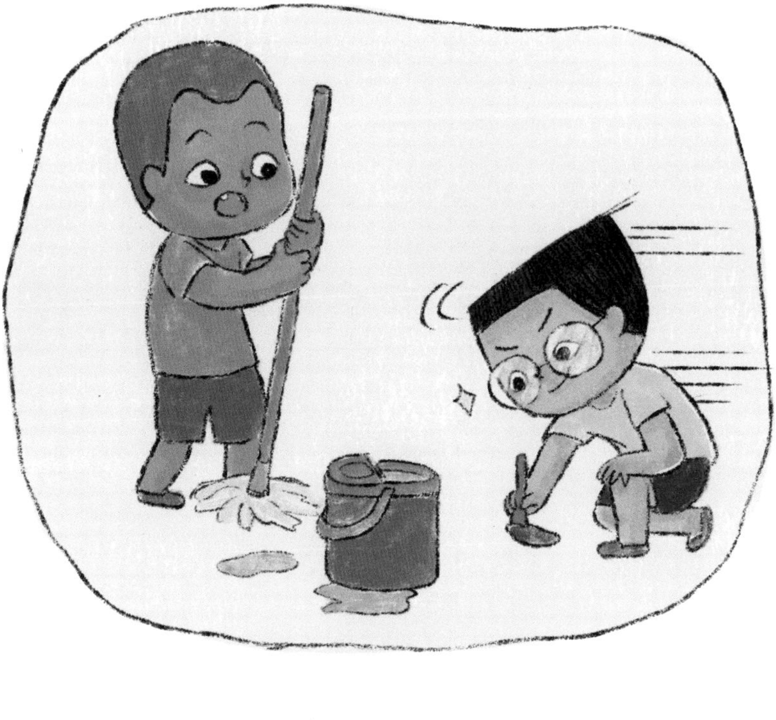

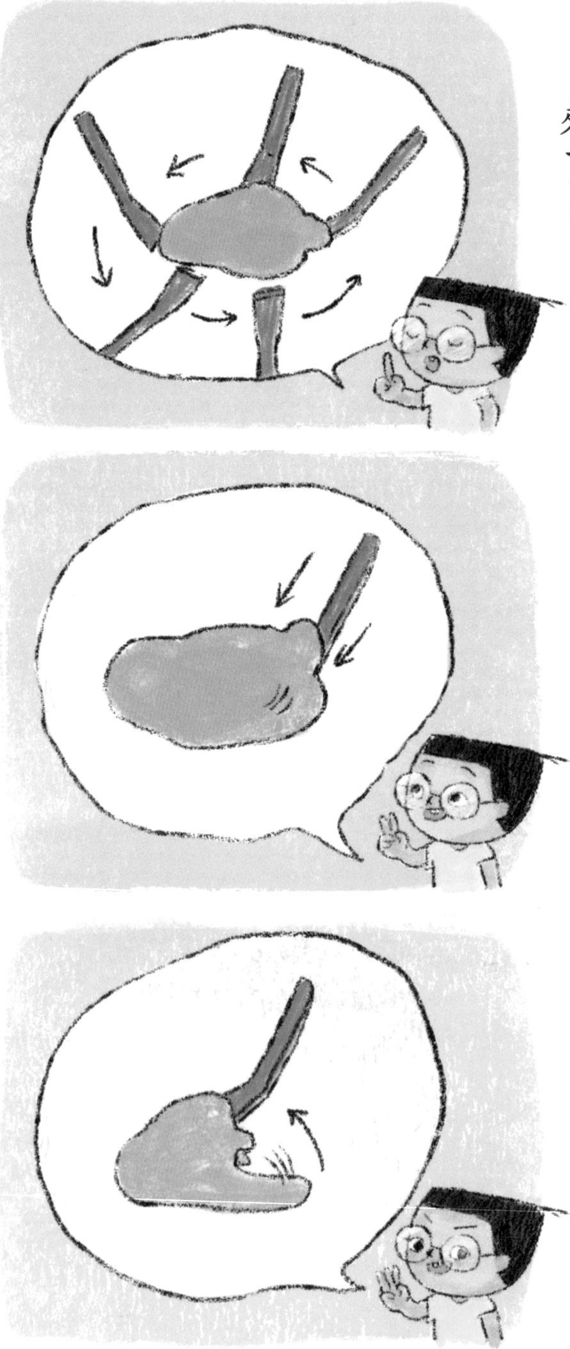

阿甯咕示範給駱爸看，用刮刀輕輕繞一圈，繞著繞著，頑固的口香糖鬆動了，再趁勢伸進刀柄，一鏟就起來了。

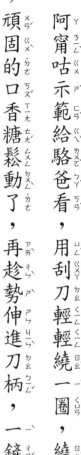

「這有什麼好得意的？送你來學校，你不好好讀書，天天給我刮香腸？」駱爸急得又口誤了，把刮香長，變成了刮香腸。

「爸爸，你不是說行行出狀元嗎？」

「但是哪有這一行啊？」

「你看這個，」阿甯咕聞了聞那塊口香糖：「薄荷。」

「什麼薄荷？」

「這個口香糖是薄荷口味的，學校大部分都是這種口味的。」阿甯咕開心的說時，端端也繞著他興奮的跳著：「放再久的口香糖，我也聞得出來，像不像福爾摩斯？我長大就要當口香糖偵探。」

汪汪，端端很認同。

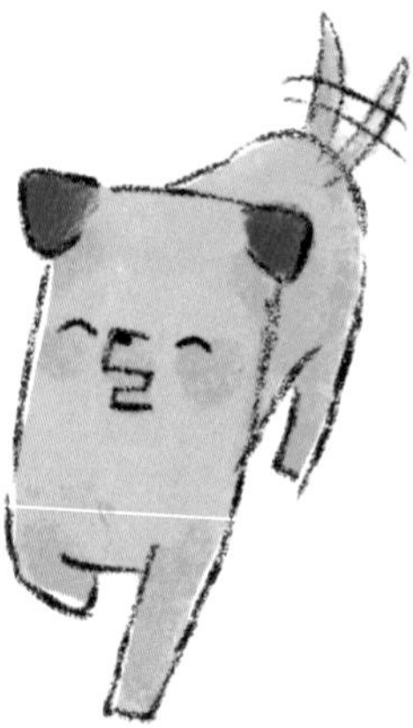

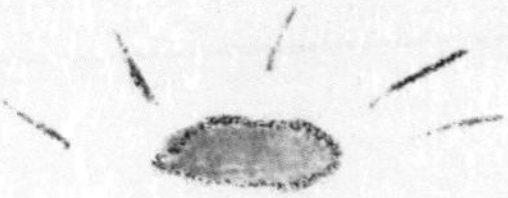

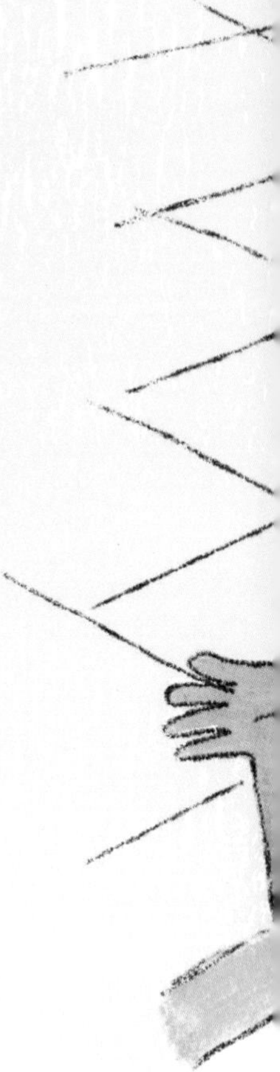

駱爸很不贊成：「男子漢大丈夫，那麼多偉大的職業你不做，偏偏立志當口香糖偵探？」

阿甯咕可沒空回答，因為他又找到一塊，又一罐，他像發現天大的祕密般：「爸爸，這是哈蜜瓜口味耶，很難找得到耶，爸爸你聞。」

髒髒臭臭的口香糖，不知道是哪個小鬼嚼過的……

駱爸嚇得退了一步，阿甯咕不屈不撓：「爸爸，真的是哈蜜瓜，味道很濃啊。」

「別……別過來。」

「你聞一下啦。」

如果有人經過，會看到這樣的畫面：「你再來我生氣了。」那爸爸快步的走著，口氣凶巴巴的，感覺卻像在求饒。

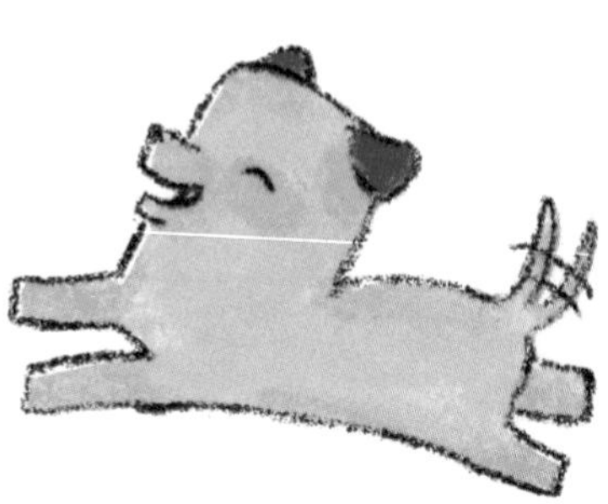

「你聞一下就好了啦。」那小孩緊追不捨，後頭跟著一隻小狗汪汪直叫。

到了奶奶家，奶奶揉揉阿甯咕的頭：「聽說你當班長啦？」

「還有刮香長。」阿甯咕大聲的說：「我長大要當口香糖偵探！」

「好好好，賣香腸也不錯。」奶奶大概沒聽清楚。

「不是賣香腸。」阿甯咕解釋：「是刮口香糖的偵探。」

「瞧你那出息，什麼德性啊。」駱爸小心的把黏在褲子上的口香糖拿去扔。

「你爸爸小時候，愛吃烤玉米，跟我說他長大要賣烤玉米。」奶奶卻聽得挺開心的：「一個賣香腸，一個賣烤玉米，我們家自己就有夜市了。」奶奶開心極了。

阿甯咕回頭看看爸爸，駱爸抱著狗，假裝沒聽見呢。

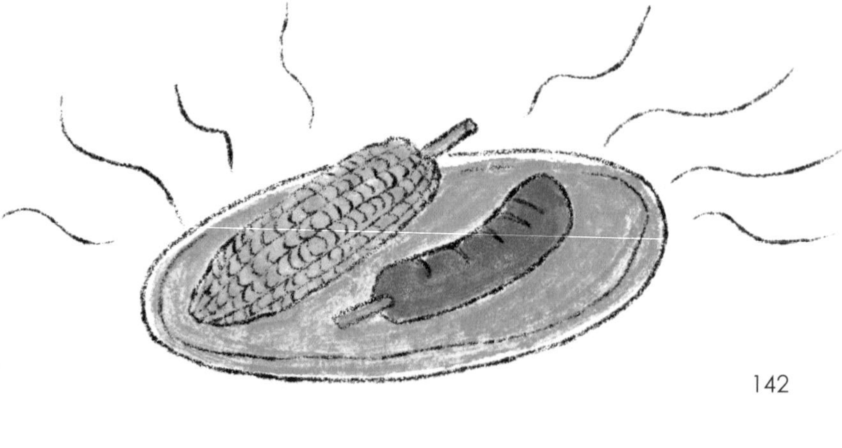

你做這行以後靠什麼吃飯？
爸，校刊刊我是口香糖小偵探，口香糖公司送了十幾種新口味給我嚐耶。
那是一時的。
如果我堅持下去就可以，爸爸，難道堅持一件事不對嗎？
啊……堅持哦……

絕對不可能。那只有找他了……
不可能。
搖頭
他來了！
我是香長偵探，是班長的長，不是香腸的腸哦。
請問你是？
沒有破壞。
沒有線索。
絕對找不到。
不可能。
工具！工具！
東翻
西找
什麼香長偵探？
好好笑！

找到了，我的刮刀！
人家還沒寫完啊，你只是個小說家，你不懂。
阿甭咕，你寫這什麼亂九十糟，大盜即使把口香糖吐掉，也絕對不會馬上變黑變硬啊，而且，你的香長偵探根本是個小孩，拿著水桶裝著回收物資怎麼辦案？
我不懂？
那都我寫的。
為什麼？
因為，我是小孩，我現在最想做的事，就是把這篇『大說』寫好，你去旁邊玩，別吵。
可是賣不掉啊，沒關係，我長大之後要當大說家，比你還大。
大說家？
阿甭咕，你現在是學生，有太多事比這篇亂九十糟的故事還重要的事。
對不起，我現在覺得，全世界最重要的事，就是把這故事寫完。

閱讀123